고요는 어둠 속에 자란다

고요는 어둠 속에 자란다

초판인쇄 | 2018년 12월 10일 **초판발행** | 2018년 12월 20일
지은이 | 이소정 **주간** | 배재경 **펴낸이** | 배재도 **펴낸곳** | 도서출판 작가마을
등 록 | 2002년 8월 29일제 2002-000012호
주 소 | 부산광역시 중구 대청로 141번길 15-1 대륙빌딩 301호
         T. 051248-4145, 2598 F. 051248-0723 E. seepoet@hanmail.net

ISBN 979-11-5606-118-2 03810 ₩9000

※ 이 도서의 국립중앙도서관 출판예정도서목록(CIP)은 서지정보유통지원시스템 홈페이지
   (http://seoji.nl.go.kr)와 국가자료공동목록시스템(http://www.nl.go.kr/kolisnet)에서
   이용하실 수 있습니다. (CIP제어번호: CIP2018040778)

본 도서는 2018년도 부산문화재단 지역문화예술특성화지원사업으로 지원을 받았습니다.

고요는 어둠 속에 자란다

이소정 시집

도서출판
작가마을

아름드리 소나무 푸르름
숲길을 끼고
시원한 소리로 조용히
흐르는 통도 천
숲은 無言으로 걷기에 편안한
오솔길을
내려놓고
같은 모양의 소나무가 한 그루도 없는 듯
시원하게 뻗은 소나무사이로
산새소리 울려 퍼지고...

근심걱정 잡념을 묶어두고

무풍한솔길 같은 시를 만나고 싶다.

2018년 11월 저무는 가을에

이소정
시집

고요는 어둠 속에 자란다

제2부

이소정
시집

고요는 어둠 속에 자란다

제4부

제1부

6월, 바람 나무

바람 나무는 꾹꾹 눌러쓴 6월의 일기장이다

6월은 시간이 흐른 빛에도 희지 않는 구름이다

하늘과 땅은 저절로 붉었고 파랗고
가벼운 구름 같지만 고통스런 열기
땡볕을 통과하지 못하는 바람이 쓰러진다

6월은
생의 이력을 떼어낸 빈 나무토막으로
사라지지 않고 흔들리는 바람 나무이다

서쪽 하늘에 가느다란 달이 떴다

적막이 흐르는 푸른 잎 바람 나무는 길이다
길고 깊어
잊어버린 여름이 찢어져
이파리는 초록이다

곡우 무렵

들뜬 풍문에 요란한 색깔들은
벌써 포롬하게 물들었다
머위 잎사귀 쌉사름한 봄날은
손톱 밑까지 물들었다
장다리 무밭 흰 나비들
깡그리 꽃잎이 되어 하얗게 공돌았다
사월은 긴 능선 햇살에 실눈이 눈부시다
봄비 속에 꽃을 보내고
거친 추억을 우려 헹구듯
산야는 연록으로 물들었다

금목서나무

벽과 담장사이에서 구름이 흘러가고
구름이 몰려온다
굽은 길 어디쯤에서
낯선 기쁨을 느낀다
어디선가 수상한 비밀을 캐기 시작한다
담장 아래 그가 거기에 서 있다
내 눈빛을 이해할 수 없는 저 황금빛
꽃향기는 낯설다
뜸들이지 않은 세상을 읽었다
나무 위에서 돌던 바람이 떨어진다
가늘게 숨을 떨며 한순간 심호흡을 한다
입속에 그늘이 내린다
코로 스며드는 바람처럼 달콤하다
불쑥 궁금하거나 마음이 끌리는 날에는
짧은 글을 남긴다
알맹이 없는 비밀은 상큼하다

기차가 서 있다

사나운 골짜기를 헤매다 돌아온 밤
낮은 음으로 추적이는 빗소리가 났다

내 몸에서는 이방인 냄새가 났다

젖은 벳푸 역, 플랫폼에 오래 서 있던 기차

가로등에 젖어 표류하던 빗물

뷔페식당에서도 빗소리를 들었다

불빛 아래 비는 까마득한 숫자들을
젖은 목소리로 세고 있었다

등꽃

나를 내려다보신다 아가, 부르며 내려다보신다

 낮 매화꽃에 취해서 신비로운 꽃물 번져 얼룩진 얼굴로
내려다보신다 미워하는 만큼 살갑도록 밤이슬에 젖은 세
상 허허거리다 밤바람 맞고 돌부리에 마음 다치고 닳고
헐거워진 자존심 장단 맞추다 나락으로 떨어졌다

 공중에 걸린 아버지, 형상이 없는 옷걸이에 걸린 아버
지 비뚤게 걸려있다 술은 주절주절 신비롭게 익어갔다

 등꽃이 달린 그늘 아래서 취기어린 등꽃이 덩달아 술타
령을 한다 아버지와 함께 취한다

긴린코 호수*

긴린코 호수로 가는 길에 기린을 보았다
모든 기린은 어디선가 본 듯한
긴린코는 기린의 코였다

햇살 속으로 뛰어 오르는 잉어 비늘은
황금빛으로 빛나 긴린코 호수에 잠입한다

물안개는 처음 배운 말들을 옹알거리고 있다
긴린코 속으로, 꿈속으로
기린 한 마리가 가고 있다

호수 너머 산은
나무들이 그린 수채화물감이 곱다
긴린코 호수에서 왜가리가 날아오른다

꾸러기 시절 길을 떠난
우리들만의 빛나는 호수는
긴린코와 닮았다

그때 그 얼굴들이
물안개 속에
무지개가 되어 떠오른다

긴린코 호수에서
더는 보이지 않는 시간들을 낚고 있다

*일본 유후인의 금천호

도중

검은 나무들의 솔직함을 보다가
나무 가지로 불 피워보다가
깊은 그믐밤, 매캐하게 사라지는 연기를 보다가
만일이란 알 수 없는 길은 더디게 새벽이 오거나
흑백사진만 종일 찍거나
암흑처럼 고립된 길이 아니거나
도중 종일 시달린 바람소리를 듣다가
조율 못한 시간들을 후회하거나
까맣게 탄 군고구마로 식어가는 허기를 달래다가
표류가 시작된 도중, 주문을 외우거나
무릎 뼈를 관통하던 바람을 따라가거나
기억이 녹아들 무렵 사방치기를 하던 그 길을
생각하거나
쓸쓸해하거나
하늘을 올려보며 위풍당당하게 걷다가
발걸음 머뭇머뭇 얼어붙다가 비구름을 만나거나
비가 내렸다
햇빛이 났었고 길에서 입김이 났었고 꽃들이 피었고
희끗한 빛 사이로 진눈깨비 내렸다

길은 가보지 못한 두 갈래 길로 늘 반복되었다
그때마다 주춤 거렸다
잃었던 길들은 아프게 걸어왔었고, 하얗게 웃었다
나뭇가지는 하늘로 쭉 뻗었다
밝은 쪽을 향한 나무, 자신의 길을 멈추지 않는다
길 위에 길이 태어난다

레일 바이크

바람꽃은 이미 길을 떠났다
하늘을 날아온 바람과 발밑에 웅크리고 꾹꾹 눌러져 뭉
그러진 소리, 벼랑 끝 나무도, 저 도도한 강물도 듣는 파란
만장은 길게 구르고 있다

어둑한 굴을 지나는 사이
헛돌려진 바퀴는 절반을 아껴둔 울긋불긋한 노을의 무게
를 단다 꼬리를 물고 꼬리를 찾는 빛의 교신은 빗나갔다

시간이 날아 온 적도 없다
깃털이 헐떡이며 떨어진다
발을 내딛고도 엇박자는 절로 궁글어졌다

매화꽃 문안

꽃잎을 숨긴 꽃망울
인기척에 화들짝 놀라 말문이 터졌다

차갑게 얼어붙은 심장도 붉어졌다
칼바람에 움츠린 채
사라지고 다시 피어나는
오래된 반복에서 태어났다
궁시렁거리며 늙은 햇살이
붉은 머릿결을 어루만졌다
바람이 빠져 나간 오후가 졸고 있다
화분은 비문증을 앓고 있다
화분은 낡은 그리움에 몸부림친다

붉은 심장을 뚫고 홍매화는
시간 속에 눈물로 피어났다

먼 섬

저녁은 먼 섬이 된다 공중 한쪽이 쓸쓸하다
침묵과 허공은 다 쓸쓸하다
태양을 향한 해바라기를 종일 그린
흰 도화지에는 해바라기가 지천이다
여러 날을 해바라기만한 며칠은 목에 해가 걸린다
둥근 잎들이 부스럭거린다
이파리들은 잠시 바람 속에서 떠돌았다
변하지 않는 희미한 빛깔이 붉게 물든다
먼 곳까지 바람이 중얼거린다
치맛자락 들추며 바람이 길게 빠져 나간다
다시 침묵에 빠진다

누가 자전거를 타고 간다
스쳐 지나가는 자전거의 등에 어스름이 걸린다

무성한 겨울

탱자울타리에
길었던
하루를 걸쳐 놓았다

저녁에 지핀
메캐한 군불 연기는
긴 꼬리를 물고 흩어지는
허공을 밟았다

길이 이어지지 않는
빈들에
낫 가리도 없이
빈 죽지에
얼어붙은 바람만 남기고
어느
어진 혼이 비슬비슬 걸어간다

저녁 그림자

골 깊은 세상을 쓰다듬는다
바람처럼
주문 외우듯 웅얼웅얼 시를 읊는다
습관은 언제나 아무렇지 않다
아무도 물어보지 않는데
잘 마른 시래기, 바람에 바스라진
속이 빈 수수깡처럼 소란스럽다
소란하던 침묵이 납작하게 숨을 쉰다
손바닥에 갇힌 어둠도 가볍게 부서진다
어리둥절한, 저녁을 틈타
시래기를 삶는 동안 마법상자는
뿌리를 내리지 못하는 꼬리를
하나씩 주워 담는다
어설픈 기억을 여기저기서 걷어 담는다
바람의 그림자는 여백이다

밤마다

수수꽃다리 울타리가 사방으로 둘러쳐진
나무 곁에서
그림자가 고요를 밟는다
몇 차례 얼었다 녹았다 하는 급격한 기온
고이는 발자국 위로 갈퀴바람이 지나간다
비워내는 마음은 차츰 가벼워지는데
이상하게도
밤마다 푸른 칼날을 세운
수천의 눈빛으로 온몸을 얼어붙게 하는
가시방석
허물을 벗기며 간헐적으로 살 말리는
아픈 바람소리를 듣는다
따글따글 여름햇살에 말린 **뼈**는 어디로 가고
척박한 살을 녹이듯
퍼런 엉덩이는 더 퍼렇다

백야

  강을 따라 사람들이 물결처럼 걷는다 노천카페 풍경 오
래된 시계와 어울리는 하루가 지나가고 사라지고, 사라
져가는 시간들을 나눈다 돌길을 걷는다 고풍스런 성당 돌
벽사이로 난 작은 창문에 빨간 장미꽃 여 나무 송이 걸려
있다 무작정 걷고 싶다 희뿌연 안개 속으로 말간 바람 몇
줄기에 백야는 말갛다 네바 강가에서 누군가를 기다리는
여자에게 마음을 뺏긴 남자, 백야가 계속되는 며칠 동안
꿈속을 헤매이듯, 아슴푸레하고 몽환적인 독백을 한다
  불면이 아닌 불면의 하얀 밤을 맞이한다 마트료시카 속
에 숨어있는 또 다른 마트료시카처럼, 해는 지지도 않고
산 너머 바다 너머에 숨어 있다가 오는 듯 마는 듯 뜬다

보리밭

찔레꽃을 따먹다
가시에 찔린다

시간을 건너온 푸름이
또 다른 푸름으로
오롯한 시간을 심호흡 한다

가슴을 쓸어 내는 까칠한 묵은 고통들
검푸른 소리를 듣는다
모이고 흩어지는 북소리를 듣는다

반듯한 아미에
내려앉는 햇살
낮에 뜬 반달이 하얗다

초록으로 깊은
푸른 영혼이다

고요는
어둠 속에 자란다 이 소 정 · 시집

제2부

4.19

벚꽃 돌담길을 따라 걸었다

하얀 목련향기가 묻어났다
돌담 너머 벚꽃길이 끝나면
철쭉이 사철나무 낮은 담장까지 이어진다

동백나무는 하얗게 또는 빨간 염문을 뿌려놓고
생강나무는 능청을 떤다

비는 때 아닌 바람을 타고 내린다

떨어지는 꽃잎은 서럽다
무슨 의미가 있겠는가

천지에 아득한 봄날
내일은 바다로 갈 것이다

깨끗한

우울이란 것 하얗다 하얗게 바래지고
하얗게 웃는다
배롱꽃나무 아래를 지나다
키 작은 백일홍을 생각하다가
황금빛 즐비하게 늘어선
백일홍 핀 어느 골목을 생각했다
골목 끝머리에서
희끗한 흰나비가 혼魂이 되어 깨끗한
절명시 한 줄 쓰고 있다

새벽을 귀 맞추다

밀폐된 공간에서 자란 포자에서
흰 꽃이 핀다
삶의 역한 냄새가 지불되는 목젖
자정에서 새벽이 오는 시점에서
일요일에서 월요일이 되는
멀지 않는 시점에서 어둠은
뭉텅 자랐고 뭉텅뭉텅 잘려 나갔다
기억은 어둠을 베끼기 위해서
거품을 풀어 물의 비늘들을 지운다
길 끝에서 맨발로 사방팔방으로
허리 굽혀 닦아내는 어둠은
경계를 허무는 묵묵한 시간으로 이어진다
까칠한 맨발인 새벽,

새벽을 반듯하게 귀 맞춘 길이 환하다

새빨간 연못

냇물이 흐르는 물소리를
폭포를 지나는 소리라 우겨도
아무렇지도 않다
문밖에 갇힌 세상을 본다
남의 일이란 없다
잠깐 열어놓은 오른쪽 방문을 열었다
어둡고 혼란스런 자화상처럼
네모난 빨간 유리잔에 금계국이 피어 있다
네모난 의자가 있다
네모에 갇혀 생각도 네모가 된다
네모난 테이블에 햇빛이 봉인되어 있다
빨간 유리잔에 가득 찬 물속에서
새빨간 연못을 보았다
새빨간 연못은 빨간 유리잔 속에서도 새빨갛다
닫힌 문밖 너머 안개가 자라고 있다
안개 속에 안개꽃이 피었다
개망초를 안개꽃이라 우겨도
아무렇지,
나는 지금 무중력상태다

새해 새 아침

바다는 지금
따뜻하고 넉넉한 품을 열어놓고
새해 새 아침의 얼굴을 씻는다

해돋이가 시작되는 수평선에서
새해는
발그레한 얼굴을 내민다

후덕한 덕담은 바다에 띄우고
한없이 나누고 퍼주는 은빛너울들

새해는 금빛 홰를 치며 오고
붉은 해는 바다에서 온다
금빛 파도를 타고 온다

소망들은 붉게 붉게 피어 주십사,
붉은 돛을 따라 물새도 온다

열 개의 손가락

남강에 비가 와서 좋았다
남강에 비가 오지 않아서 좋았다

잠재울 수 없는 저 눈빛은
담장을 넘는 능소화가 된다
열 손가락으로 깍지를 끼워본다
행간에 꿈틀거리는
은유를 위해 무장 해제하고
논개 치마꼬리를 잡고
촉석루 남강을 기웃거린다

피멍 든 열 개의 손가락 틈새로
강은 질깃질깃하게 흘러간다

촉석루에 비가 와서 좋았다
촉석루에 비가 오지 않아 좋았다

통도사

– 자장동천

두 발을 물속에 묻은

긴 여름 하루가 흘러간다

거듭 지워지는 물이 만든 깊이를 본다

종일 침묵하는 하늘, 물속에 풀물로 파릇파릇 물든다

오리나 뻗음직한 오리나무 잎들이
수묵색으로 물속이 환하다

바람이 지나간 자리
귀 기울이고 몸을 기울이고 물젖은 소리를 벼리고

허공 속 메아리로 아득히 멀어져
잠시 목 메인다

침묵하며 흘러 간
물소리는 생의 무늬
허황된 것들은 흘러 갈 뿐이다

자전거를 타다가

광장은 서로 모르는 사람들로 시끌시끌하다
움직이는 것은 모두 바람을 새김질하고 있다
신바람 나게 앞만 보고 달린 두 바퀴
천천히 달리는 등 뒤에서
갑자가 멈추어야 한다
투명한 날개로 뒤척여도 힘없이 섰다
발소리 죽이지 않아도 나는 나를 끌고
공중에서 떠돌이처럼 맴돌다 떨어지는 마른 잎
소화하지 못한 소리가 휘어지며 구부러진다
멍 자국 난 손바닥을 털며 어색하게 웃는다

바람을 감춘 그늘에서
두 눈 비비며 하늘을 올려다보았다
비행기가 꼬리를 하얗게 긋고 지나갔다
어제는 양떼구름이 양들을 몰아가는 하늘이었다
달리다가 멈추는 것에 이유 없다
선명한 비행기 꼬리가 조금씩 지워지고 있다
멍들어 멍 때리는 오후는 여전히 시끌벅적하다

가을이 마구 쏟아져 달렸기 때문이다

저글링

  일곱 송이의 꽃들이 허공에서 소용돌이친다 공중 높이 오른 허공에 햇살이 눈부시다 관중은 그가 읽어내는 바람의 결을 달그락 달그락 따라 읽는다 피가 쏠리는 듯 굵은 떨림의 손 무게로 저글링한다 그의 재빠르고 현란한 손동작은 고공이든 사방연속이든 일사분란하다 공중에서 손에서 떨어지지 않고 빙빙 돌았다 콧수염에 동그란 뿔테 검은 안경을 쓰고 빨강 모자를 썼다 퀭한 눈에서, 누리끼리한 바바리코트 자락에서 챨리를 닮은 듯 닮고 싶은 듯, 챨리 채플린 같다 그는 관객을 매료시키는 매너, 가려진 웃음은 빨강 모자를 벗어 등을 굽히며 예의를 갖춘다 자그마한 체구에 무언의 행동들은 채플린의 무언극을 닮았다 버거운 무게를 이겨온 듯하다 그가 우리에게 할애한 시간들을 넉넉하게 되돌려 주어야 한다

연못에 누웠다

울어도 울림이 없다 누가 나를 일으켜 세워주면 한다
물에 반쯤 담긴 아픈 허리와 무릎 통증은 시렸다. 걸어
다니는 사람들을 누워서 본다 물 만난 물고기들은 아랑곳
없이 속을 뒤집듯 술래잡기 놀이를 즐긴다 그래 나는 물
고기 놀이터다. 물속에 비친 된장 고추장 간장을 발효시
킨다 뉘엿뉘엿 해가 질 무렵, 온 집안에 된장찌개 냄새로
물든다. 모든 꿈이 발효되도록 두리뭉실하게 푸근함을 주
어야한다 나는 날마다 바쁘게 뛰는 사람 여유롭게 내 앞
에서 방긋이 웃어주는 사람들이 있어 내 통증의 탄식은
깊은 독안에서 울림 없는 발효로 깊어만 간다

청사포에 가보니

테트라포드 위에 주목나무가 서 있다

사람들의 시선은 주목나무를 번갈아 본다
사람들은 청사포 주목나무를 주목한다

흰색과 빨강 등대가
첫눈 내린 첫사랑처럼 서 있다

아득한 시간에 주목의 붉은 열매를 따먹은
뿔 고동소리는 깊은 산에서 울렸다
보이지 않는 소리는 잊어버린다

비울 수 없는 혼자만의 외침은
빛과 어둠에 흔들린다
시선은 먼 길을 열어 어둠을 밝히고
어둠을 태우는 등대 불빛은
천둥소리 폭풍의 바람소리를 한다

또 다른 눈으로 가슴 깊숙이
주목받는 주목나무가 있다

패랭이꽃

패랭이꽃 실핏줄 점점 붉어지는
산책로

발걸음들은 흥정도 없이
눈길만 보낸다

실핏줄 선명하게 빗살 드러난
패랭이들 써보려고도 않고
장터엔 바람만 후줄건하다

붉기도 하고 허옇기도 한
한낮 햇빛에
옛적 얼굴 하나 스친다

제3부

찻잎을 따다

일주일 전에 처음 딴
녹차 잎은 상처도 아물기 전
방긋하게 여린 속살을 내민다
한 잎 두 잎 말문을 틔운 봄날들을
바구니에 담는다
발꿈치를 들고 5월은 따끈따끈한 귀엣말을 한다
몸 낮추어 다시 꽃잎을 딴다

어린 시절 엄마가 밥상을 차려놓고
골목어귀에서 밥 먹어라고 부르는
정겹든 소리도 딴다

풀잎 향기 산뜻하게 마르기를 바라며
바람이 잘 드나드는 그늘에서
까실한 소리까지 말리고 있다

연등을 달고

오래된 절집 마당
허공 곳곳에 숨을 고르고
시간들이 잠행한다
마당귀퉁이 물소리는 자라고 있다

내 살 속에 갇혀 있던
두꺼운 기억의 통증이
햇빛 속에 감추어져 있다
내팽개친 시간의 당부는 덧없다

나비 한 마리가
내 어깨 위로 팔랑이다 날았다

홀연히 떠나가신 엄마가
함박꽃 머리에 꽂고 함박 웃고 있다

술래잡기

빗살무늬사이로 나비가 박제 되었다 나는,
이제 술래잡기를 할 것이다
나비 한 마리가 장대 끝에서 나폴 거리다
빗살 이파리 가장자리에서 박제 되었다
또 다른 나를 끌어다 격자무늬에 가두었다
아무렇지도 않은 듯 엄지손가락으로 꾹꾹 눌렀다

비밀스럽지도 않는 격자 방문을 연다

고요는 물빛이다

발걸음을 멈춘다
골목은 한 낮을 지나고 있다
하늘색 대문이 열려있다
개 짖는 소리 소란해도 표정은 순하다
댓돌에 놓인 꽃잎을 베고 고양이가 누워있다
돌계단 푸른 이파리는 고요다 적막이다
적막을 한 잔 마셨다 미치게 하는 고요다
뒷산 아카시아나무에서 새들이 울었다
뒤뜰 채마 밭은 푸성귀가 띄엄띄엄 심겨져 있다
주인의 오랜 부재를 말하고 있다
삭은 빨랫줄에 참새들이 그네를 탄다
고요를 담아둔 우물은 깊은 물빛이다
첨벙, 우물에 두레박을 던졌다
물빛이 비늘을 털었다
바람의 방향은
골목을 꺾어 마당 한가운데를 맥없이 돌았다
열린 서랍장에 숨을 죽인 채 고요가 숨어 있었다
고요는 서랍 속에서 부재중이다
나무 그림자가 길게 마당을 드리운다

마분지에 쓴 문패

　권정생 이라고 마분지에 쓴 문패, 닫힌 방문에 마음 흔
들려 문구멍 사이로 흔적을 엿본다 눈빛이 내 눈과 마주
쳤다 낭만적이고 용감하게 죽고 싶다고 유서를 썼다 환생
하면 건강한 남자로 태어나 스무 살 남짓한 아가씨와 벌
벌 떨지 않고 연애를 하고 싶다 여름 겨울을 번갈아 신었
던 털신과 고무신에 찌든 병마와 고통이 가난처럼 배여
나온다 산수유 꽃잎을 옆구리에 차고도 온몸은 붉은 균들
이 깊은 절망의 꽃들을 피우고 있다 숨을 헐떡이다 죽은
개, 개집이 나무 아래 쓰러져 있다 빌뱅이 언덕 작은 대
추나무 가지에 조그만 새가 조그마한 둥지를 틀었다 빌뱅
이 언덕에서 다시 건강한 남자로 환생하는 바램은, 강아
지 똥에게 희망을 불어 넣어준 민들레가 한껏 몸을 부풀
리는 것이다

그 가을 단풍이 아름다워도

풍경이 고우니 사진 한 장 찍자고 사진기를 들이대니 아이가 웁니다 아이는 울보입니다 왠지 모릅니다 엉뚱스럽게도 울어 댑니다 엄마는 달래다 지쳐도 야단 한번 안 칩니다 엄마는 개울물에 우는 아이의 얼굴을 씻깁니다 파란 하늘이 물속에서 흐려집니다 엄마는 모든 서러움이 한꺼번에 밀려 엉엉 서럽게 웁니다 우는 아이 때문만은 아닌 것 같습니다 개울물도 졸졸거리며 웁니다 엄마 울지 마라 안 울께 마치 어른이 된 아이처럼, 엄마를 달랩니다 엄마는 더 서러움에 목 놓아 웁니다 그 가을 단풍이 아름다워도 사진 한 장 못 찍고 엄마의 가을이 흐르는 개울물처럼 흘러 흘러갔습니다

느낌표 하나

　걸음이 비틀거린다 늦은 저녁도 비틀거리고 있다 익숙
한 길에서 익숙하게 조는 것도 익숙하다 꽃은 흑백으로
핀다 통속적인 말들을 텅 빈 가슴에 찧는다 느낌표 하나
를 다시 가슴에 심는다 들꽃무리에서 들꽃의 아우성치는
소리를 들었다 노란 달빛 떨어져 내린 듯 꽃들은 더욱 노
랗게 어우러져 있다 오묘하다 깔깔한 기억들이 휘파람을
불었다 고요하게 서 있고 싶은 나무, 휘파람에 흔들린다
바람의 방황에 다시 허공에 걸리는 침묵,

달맞이꽃

물소리 듣는 언덕에 선다
달빛처럼 노란
꽃이 된 그리움은
달의 여신이 아닌
첫눈에, 그대 여신으로
태어나던 날
바람은 언덕에서 멈추었다
낮 지나고 밤 또한 지나고
헤아릴 수 없는 그리움의 끝
노랗게 익어 영그는
달빛 가득한 저녁
노란 꽃으로 눈부시다

달이 밝다

감나무 가지에 늘어진 풍요로움
장대 끝에 달이 밝다

산책로 나무의자에 달이 질펀하게 앉는다

속 빈 강정에도 걸리는 달이 밝다

오곡밥을 나눠먹다가
사람 사는 게
다, _
고만고만하다고

득음한 보름달이 깊다

말라가는 가을

물드는 아침이 있었다는 것은
아름답다
포도 위에 가라앉는 낙엽들이
비뚤게 웃었다
가난하고 누추한 거리에 멀어가는
내 표정들이 있다
낙엽은 비에 젖고
발길에 차이고 밟히고
포개어지고 또 포개어져
잇단음표와 그래픽이 뒤죽박죽이지만
캔버스에 그대로 옮겨놓고
싶은
예술이다
떨어진 거리의 낙엽들이
서럽다고 울었다
더 쓸쓸히 말라가는
깊어진 가을
굶주린 바람들이 몰려왔다
붉어진 눈시울 발끝에 흩어지고

벼랑으로 떨어져도 두렵지 않다

뚝뚝 끊어지는 신호음

물기 촉촉한 문자를 보내고 싶다

고요는
어둠 속에 자란다 이 소 정 ・ 시집

제4부

만다라 1

어둠 속으로 걸어 들어갔다
어둠이 시간 속에 흘러갔다
고요는 어둠 속에서 자란다
어둠 속에서 침묵이 자랐다
하늘을 걸어 다니던 나비가 날갯짓 하는 오후
포근한 품에 안겨 따사로운 얼굴을 떠올리다
아직은 낯설어 동그라미만 그린다
생명을 지켜주었던 품 안의 생각들은
기억해야 하는 꽃들은 환희로 피어난다
풀잠 든 숨결에 꽃잎들을 동글동글 동글리며
물에서 유영하는 물방울
다시 눈을 감는다
둥둥 물에서 유영하는
백년 혹은 천년

만다라 2

동그라미 속 가장자리에
소용돌이치는, 바람개비가 있다

깊은 잠만 자던 내면의 색깔들은
잠재된
소용돌이에 휘말려 용솟음친다
눈을 뜨지 못한 내 안의 어둠이
잠에서 잠으로 깨어난다

나뭇가지와 나무, 꽃잎과 꽃잎사이
파문이 일었던 격한 움직임은
소용돌이 속에서 막 피어나는 염열의 꽃이다

나를 알아차린 빨간색, 꽃잎을 빨갛게 색칠한다
독특한 꽃이라고,

고깔을 머리에 쓴 푸른 목덜미가 서늘하다

매화꽃 붉은,

움츠러들었던 겨울이 허물을 벗는다 봄 햇살에 꼬질
꼬질하게 주눅이 든 몸이 경계를 한다 회색빛에 물든
오후, 잔기침으로 찌그러진 양미간이 더 깊다 헐벗은
것도 두려움도 무서리 속에서는 강하고 싶은 내면이
오기를 부렸다 뜬금없는 생각들이 밥물 넘듯이 끓었
다가 잦아지는 가벼운 일상이 진공청소기애 빨려든다
침체된 먼지가 햇빛 속에 망울져 화들짝 놀랐다 겨우
내 움츠리다 잉태한 지리멸렬한 우울증이 봄빛 속으
로 조용히 터진다 봄을 타는 꽃샘바람이 다시 요란스
럽다

머리칼을 바람이 헝클었다

만리포 금빛가든 테라스에서
회 비빔밥으로 점심을 먹는다

바람은 가벼운 자존심 같은 종이컵을 날렸다
누구는 소리치며 비상한다

바다를 본다는 것은 즐거운 일이다
조개껍데기 하나 줍지도 못하고
만리포 상투적인 노래는 접었다

헝클어진 머리를 귓볼 뒤로 넘기고
순환의 꼭지점에서
원점의 꼭지점으로 돌아가고 있다

멸치 쌈밥

　바다 끄트머리에 소박한 밥상을 내미는 쌈밥 집이 있다
가을이 퇴색되는 탓인지 마음이 헛헛하여 매일 일탈을 꿈
꾸어도 허虛하다 영혼을 살찌우는 엄마의 손맛이 그립다
멸치 뼈를 발라내고 갖은 양념으로 졸인 멸치 찌개에 밥
한 숟가락 상추쌈을 싸서 입이 터지게 또 눈도 크게 뜨고
먹어야 제 맛이다 허한 마음을 쌈밥으로 치유하였다 엄마
는 봄에 기장멸치가 나면 멸치젓을 담그고 겨울 김장채비
를 하셨고 젓갈을 담근 그날은 멸치를 다듬어 새콤달콤
멸치 회를 만들고 멸치 쌈밥으로 둘레 상에 둘러앉아 먹
는 저녁은 봄날처럼 따스하게 둘레 상으로 둥글어 져 피
어올랐다 엄마의 나이만큼 나도 나이를 먹었다 찬바람이
분다면 엄마의 음식이 그리울 때가 있지만 정작 내 자식
들이 그리워하는 엄마의 특별한 음식은 아직 없다 약선
밥집을 알았으니 한번 가자는 며느리의 전화를 파도소리
에 묻혀 받았다 지금은 추억의 음식도 없이 그때그때 맛
집을 기행하며 먹는 맛이 최고 인 것 같다 혼밥이 늘어나
고 가족들이 옹기종기모여 앉아 먹는 시절은 추억으로 사
라지고 있다 오늘 갯마을 포구를 오롯이 나만을 위해 바
다 위를 걷는다

백련수도사

새벽마다 정한 수 떠놓고 떠벌리는 수도자의 방언을 듣는다 괴로움을 떨치는 속 터지는 소리, 향기로 틔우는 소리가 퍽퍽 깨달음으로 핀다 꽃잎은 퍽 하는 순간 환희심으로 핀다 불꽃처럼 들끓는 햇빛에 눈엣가시가 뾰족하여 더욱더 귀기울이며 소리의 향기를 듣는다 넓은 잎사귀로 눈을 가려본다 여름은 질기고 푸르다 잎사귀에서 멀리뛰기 하는 청개구리, 물소리에 놀란 울음소리가 새파랗다 빛깔은 향기를 잊게 한다 초록의 잎을 바라보며 어떤 빛깔, 꽃인지는 잊어도 바람에 묻어오는 향기는, 또 다른 바람의 향기를 낳는다 흔들림 없는 이파리는 산란해지는 마음을 크게 둥글게 모은다 개구리밥이 퍼져 있는 둔덕 가까이 물옥잠화도 구경꾼이 되는 백련지, 사람이 꽃이 된다

벽 속에도 길이 있다

　마른 꽃을 벽 속에 묻어 버린 세월이 한때 있었지요 모퉁이를 돌 때 예상한 비바람을 만났을 때, 캄캄한 어둠에 꿈틀대는 불면증과 악몽을 등에 업고 거꾸로 걸린 답답한 세상은 온통 막다른 길이었지요 마른바람에 부딪히며 자라난 마른 잎들이 톡톡 강낭콩 꼬투리가 터지듯 막막하였지요 꽃잎들은 타박타박 불안한 발자국 소리를 내며 벽 속을 걸어 다녔지요 소리들은 주저 없이 아물지 못한 덧난 상처에 못질을 했었지요 시퍼런 핏물이 퍼런 녹물로 슬었지요 세상에 혼자 버림받은 절망으로 몸을 뒤척였지요 녹이 슬어 흘러내렸지요 제대로 나를 사랑할 수 없었다는 것을 알았지요 달아날 수 없는 시간들은 거친 손바닥으로 묵직한 입에서 쫓기 듯 힘들게 견디며 벽 속으로 길을 뚫고 있었지요 사람들 사이에 벌어지는 협곡은 아픔이 흩어지는 잔해이었지요 그 벽 깊숙한 뼈대에 지치도록 이마를 맞대며 기도 했지요 모퉁이를 돌아 어둑해진 거리에 내리는 비에 젖은 깨달음은 어리석고 힘겹게 시달린 세월이었지요 깊은 밤 텅 빈 방에서 가끔 적막과 함께 되살아나는 그림자가 되어 벽 속으로 걸어가고 있었지요

봄 바다

마가렛이 피어 있는 귀퉁이에서 전복죽을 주문 한다 바다 바람은 오후가 부산하게 불었다 사람들은 더 이상 넘을 수 없는 구름다리 끝을 왔다갔다 바람처럼 부산하다 전복 집은 만원이다 만원인 만큼 만 원짜리 전복죽은 봄바다를 만끽하기로는 시들하다 바다 빛은 시시각각으로 변한다 겨울의 끝에서 삼켜온 비밀들을 변화무쌍한 입으로 풀어버리는 바다는 늘 푸른색 만원이라고만 믿었다 바다는 흰빛이 물들어 누른빛도 흰빛도 아니다 바다는 바람을 타고 날아가듯 날개를 달았다 봄 바다는 풍만하였고 출렁 거렸다 제철 만난 봄 도다리 한 점 먹는 봄, 봄바람에 스카프 한 장 둘러준다

사막

물이 출렁이며 달려오고 있다
모래는 별이 되어 쏟아진다
마음의 소리가 수많은 별꽃이 된다
나의 잠 속에 해맑은 별이 잠들었다
풀잎도 없는 풀잎들이 사분거렸다
자꾸만 별을 끌어다 덮었다
시간이 사각거리며 모래를 흘러내린다
어딘가 쉬어야 할 곳도 뜨거운 모래밭
답이 없는 답을 찾는다
꽃들이 발을 동동거리며 비단을 짜고
바람은 쉴 곳을 찾아 모래무늬를 짠다
해질녘을 기다리는 사막여우

모래는 부드러운 발자국을 짜고 있다

에필로그

 따뜻한 마음이 건네주는 고구마 한 접시와 곰삭은 묵은
지를 다정한 마음으로 먹는다 며칠째 기침 감기를 달았더
니 전철에서 내내 병든 닭처럼 졸다가 기침하다가 강서마
을 사람들과 만났다 순박한 사람들과 나는 옥천 댁이 되
어 그들과 함께 외양포사람들 이라는 시극을 한다 호탕한
옥천 댁은 부어라 마셔라 술도 노랫가락으로 따르는 끼가
있는 아낙이었다 우여곡절 끝에 맡게 된 역할이지만 재미
를 더한다 바람이 든다는 기분으로 술 한 모금씩 권하는
옥천 댁이 되어간다 연습을 끝내고 묵은 지에 먹는 죽, 강
서사람들이 끓인 호박죽, 다정하게도 찌글어진 호박죽 냄
비까지도 정겹다 강서사람들처럼 덥고 달달하다 벌써 두
그릇을 비우는 나는 공연도 올리기 전 벌써부터 헤어짐을
생각하면 뭉그러진 쓸쓸함이 먼저 넉넉한 입 안에서 목이
메인다

전등사 마애불

눈썹바위 가는 길은 느긋하게 올라야한다
첫 숨을 고른다
첫 계단을 잘 밟아야 소원이 이루어진다는
전등사 마애불 419계단
생각 없이 한 계단 두 계단을 밟는다

희망이 다시 보이다 굽어드는
굴곡진 길은
가파른 숨소리다

나무마다 소원 등이 열매처럼 달렸다
제각각의 염원이 꽃피어나기를 눈길로 읽어 본다
가파른 세상을 읽어본다

한 겁의 업을 씻어 내리는 듯,
눈썹바위, 깎아지른 절벽 마애불
수평선은 까마득한 소리를 한다

고요는
어둠 속에 자란다 이 소 정 · 시집

제5부

시베리아 환상

　시베리아 벌판에서 가도 가도 끝없는 저 벌판 하얀 꽃잎으로 둥둥 떠다니며 울었다 끝이 보이지 않는 벌판에 마음은 얼어붙었다 숨통이 조였다 벼랑 끝을 치닫는 마지막 종착역이 되었으면 했다 지친 노선은 끝났다 싶었다 백야의 자작나무 숲에서 정체를 알 수 없는 수많은 말발굽 소리에 찍힌 허연 피가 얼어 터졌다 올 풀린 뜨개실은 계속 풀리며 굴렀다 절벽은 마른나무 둥치에 돌무덤을 쌓았다 한숨도 함께 쌓았다 쉼표 한번 밑줄 한번 긋지도 못하던 나는 섧고 부끄러워 무거운 등짐을 내려놓을 줄 몰랐다 내 가슴으로 끝없이 떠나가는 기차, 시베리아 벌판 막막함도 절벽을 치닫는 까닭은 숨통을 틔우거나, 눈과 귀가 천지간에 겸손해지는 이유였다

시베리아 환상 2

환한 숲에 별빛이 떨어졌다 까닭도 없는 바람에 수다와
잡담은 하얀 발등을 찍고 들숨날숨은 가슴에 슬었다 광활
한 초원을 달려가는 기차는 길을 묻지 않는다 자작나무
사이로 노랑물감을 흘린 듯 숲은 노랗다 진홍빛으로 물든
오후를 초원에 내걸었다 시베리아 허허벌판을 떠도는 동
안 불안한 피는 몸 구석구석을 떠돌았다 바람의 숨은 그
림자가 햇빛으로 설핏 서쪽으로 사라졌다 불쑥 고개를 든
떨림을 호흡한다 자작나무숲 속 나무는 길을 묻지 않아도
환한 길을 내었다 오래된 바람이 건네는 바람의 길이 시
베리아 환상으로 낯선 새의 끝없는 울음소리가 들렸다

천둥 아래

하늘은 도깨비놀음이다
돌서덜 길 물소리는 아우성으로
떠밀려간다
예기치 않는 암호가 허공을 뚫었다
떠날 채비도 하지 못하는 발자국은
빗물에 자꾸만 지워진다
등허리로 바람이 허둥대며
턱 아래로 잿빛 어둠이 덜덜 떨었다
장터국밥 생각이 간절하다
하늘을 때리는 북소리는
순식간에 사라지는 빛으로 찢어진다
하늘 무서운 줄 뻔히 알면서
뒤죽박죽된 소리는 겁도 없이 소리를 친다
바람이 털썩거리고
어두운 채색으로 소낙비는 내린다
여름 길섶에 나는
지워지고 있다

예가체프를 마신다

발 아래 떨어진 노란 가을에서 기억나는 냄새는 미련하
게 돌아온 듯하다 내가 흔들리며 물들었을 때, 이미 숲에
서 이슬이 내렸다 가을은 미련도 없이 돌아올 채비도 없
이 허물을 벗어가는 숲에서 빈손으로 떠날 채비에 바쁘다
나뭇잎이 반짝이는 한나절 풍경 매단 나무들이 발 구름을
하는 큰길을 따라 애비뉴 카페의 허브향이 가득한 국화
꽃수레는 첫인상에 강렬하다 유럽풍 분위기에도 압도 되
지 않고 잘 말린 허세를 부려본다 첫 만남이 풍미롭다 가
을을 깊게 맛 들게 한다 자연스런 원두는 부드럽다 과일
맛에 꽃향기 까지 톡 쏘는 신맛이 강한 오후를 즐긴다 말
과 생각이 엇갈리던 시간을 가만히 즐긴다 혼잣말은 천천
히 푸딩처럼 핥았다 군침이 돌았다 날개를 좀처럼 접지
못하는 수다들, 혀 바닥에 햇살이 튀었다 차 한 잔의 여
유와 덤덤하지도 예사롭지도 않는 오후가 수다로 둥글어
진다

작은 새

신음하던
발자국들이 화석처럼 굳었다
가끔은
침묵하고 싶어질 때도 있다
왜 슬퍼지는 걸까
왜 그리움이 쌓이는 걸까
바람을 찢고
바람의 목소리를 듣고 싶어진다
산허리 산비탈 비스듬히 누운 나무
기억 속으로
수런거리다 사라졌다
귀가 열리고
생각난 듯 기억은,
가끔 길을 떠나지만
가슴에 가두어둔 작은 새 한 마리
잃어버린 은빛 날개
푸드덕 푸드덕 날개를 턴다

천리포 수목원

물감을 사방에 풀었다

연못 위 수면으로
수선화의 청초함에
시선이 닿는다

끝이 보이지 않는다
잠시 귀 기울인다
파도소리가 아득하다

나뭇잎 소리 꽃잎소리
둥둥 흘러서 날아 오른다

세상보다 더 깊은
나무와 길에 선다

시월 상달

파도가 높낮이도 없이 철썩이는 갯마을
아직 떠나지 않은 10월의 끝자락
시간을 아끼거나 탈탈 털어야할 이유도 없었어

갯마을은 아무렇게나 흐려 있고 바다는 흐려서 좋았지
날은 아무렇게나 흐려서 좋았어

잃어버린 시간들 잊혀져간 시간들
넉넉하고 쓸쓸한 시간들을 소매 자락에 걷어두고
파도는 알 수 없는 꼬리가 생겨나고 있었어

갯마을 찻집 광고 벽화에 뒷모습을 남긴 채
뒤뚱거리며 걸어가는 펭귄 셋
바다를 떠나는 저녁 기차를 타고 떠났어

풍경

돌담 너머
개나리 꽃눈이
얼마 전까지 졸음이
조롱조롱하더니
잠을 깬 듯
활짝 웃는다
벗나무 꽃가지에
아침나절
화사한 틈사이로 해바람 공원
하늘을 올려다본다
미세먼지로 뿌연 하늘
봄은 늘,
흐릿한 설렘으로 두근거린다
어떤 설렘이
유효기간을 살짝 넘긴
아쉬움으로
살짝 벗꽃이 흩날리고 있다

핑크 뮬리

요정들의 빗다만 머리칼들은
묘하게 헝클어져
솜사탕처럼 뭉쳐진다
맛들은 바람에 맛있게 흔들린다
오랜 기억들이 추억으로
소환되는 동안
환상에서 몽환으로
솜사탕 꽃수레를 타고 놀았다
둔덕 억새도 기웃기웃
연인들은 분홍, 분홍으로 물들고
가물가물 무등이 흔들린다

해가 빠진다

해가 빠지기 전에 해를 건지려고 달린다 붉은 해는 나
뭇가지에 걸려 펑하고 풍선처럼 터질 것 같다 해는 언덕
에서 팔짱을 끼고 서 있기도 했다 숨이 턱에 닿을 듯 헐
떡이며 나타났다가 멀리 달아나는 해를 잡으러 전망대에
섰다 유난히 들뜬 노을을 피우고 빠져 나간다 붉은 해가
흰 구름 속으로 빠지고 구름은 벌겋게 타오른다 밥 먹자
하고 부르는 소리가 있다 골목을 따라서 개 짖는 소리도
있다

해설

남강에 비가 와서 좋았다

유병근(시인)

남강에 비가 와서 좋았다

유 병 근
(시인)

어둠의 침묵

시는 어떻게 오는가. 시를 생각하면서 이런 물음을 갖는 것은 어떤 점 당연하다. 그러면서 거기 대한 반응은 머뭇거리게 된다. 너무나 흔한 의문은 의문을 갖는 자의 관습적인 물음이기도 하고 굳이 답을 요구하지 않는 자문자답이나 다름없는 물음행위이기도 하다.

그런 가운데서도 시는 무엇인가라는 의문은 끊임없이 이어가는 시를 하는 자의 몫이기도 하다. 섣불리 시를 말할 수 없는 건 그 반응이 천 가지 만 가지로 각각의 모습으로 나타나기 때문이다. "시란 무엇은 무엇이라고 단언하는 것이 아니다. 무엇을 우리로 하여금 좀 더 가까이 느끼도록 해 주는 것이다."(T.S 엘리엇)

시는 말할 수 없는 것을 말하는 것이라는 언급을 귀에 익히

기도 한다. 이처럼 시에 관한 언급은 백인백색이다. 함으로 이러한 것이 시라고 단정할 수 없는 거기에 시가 있다. 시는 그처럼 천의 얼굴, 만의 얼굴을 하고 나타나다가 사라지고 다시 나타난다. 그 나타나는 시의 얼굴을 찾고자 하는 것 또한 시인의 진지한 시를 위한 노력이기도 하다.

　시의 색깔을 굳이 말한다면 백색일 수 있다. 흑색일 수도 있다. 백색은 그 속에 시인이 쓰고자 하는 마음의 그림을 중구난방으로 그려 넣을 수 있다. 사실주의 기법인가 하면 초현실주의적 기법이 어엿하게 자리 매김한다. 흑색인들 이와 그다지 다름없을 것이 불문가지다. 하기에 시인 이소정은 "어둠 속에서 침묵이 자랐다"(「만다라 1」)고 말한다. 이소정에 있어서 어둠은 환생을 위한 태반이다. 어둠 속에 다시 태어나는 빛의 이름은 아름답다.

어둠 속으로 걸어 들어갔다
어둠이 시간 속에 흘러갔다
고요는 어둠 속에서 자란다
어둠 속에서 침묵이 자랐다
하늘을 걸어 다니던 나비가 날갯짓하는 오후
포근한 품에 안겨 따사로운 얼굴을 떠올리다
아직은 낯설어 동그라미만 그린다
생명을 지켜주었던 품 안의 생각들은
기억해야 하는 꽃들은 환희로 피어난다
풀잠 든 숨결에 꽃잎들을 동글동글 동글리며

물에서 유영하는 물방울
다시 눈을 감는다
둥둥 물에서 유영하는
백년 혹은 천년

                                 - 「만다라 1」 전문

　이소정 시학의 바탕이라고 이름 지을 수 있는 시 「만다라 1」
은 고요 속에서 어둠이 자라고 그 어둠은 침묵을 낳는다. 그
침묵은 침묵만은 아니다. '따사로운 얼굴'을 떠올리게 한다.
'품안의 생각들은/기억해야 하는 꽃들들'과 '유영하는 물방울'
에서 '백년 혹은 천년'이 자라는 것을 본다. 어떻게 자라고 있
는가. 시집 『고요는 어둠 속에 자란다』에서 시인나름의 새로
운 어둠 인식이 빛나고 있다. 관념이라는 언어의 틀에서 관념
의 굴레를 벗어나려는 의지를 갖는 구조에서 시의 중추언어
역할이 보인다. 그런 노력에 따라 시는 구체적인 모습으로 언
어의 새로운 탄생을 보게 된다. 더욱 구체적이며 의미전달에
있어서 구각에서 탈피한 낯선 것으로 무장된 시의 새로운 궤
도를 향하려는 끈질긴 노력의 결과는 보다 더 치열한 정신을
보여준다. 함으로 시는 공허한 언어유희가 아닌 구체적인 언
어건축이라는 의미를 갖는다. 허무와 고독에서 창출하는 시
는 허무를 극복하고 고독의 늪에서 새로운 세계로 지향하려
는 어기찬 힘을 갖는다. '보이지 않는 소리'는 '빛과 어둠에 흔
들린다'(「청사포에 가보니」 부분). 이소정 시의 또 다른 측면은 언어유

희나 다름없는 언어놀이에서 새로운 언어놀이에로 지향하려는 어기찬 노력이다. 그런 점 또 다른 맛을 음미할 수 있는 시적행로를 엿볼 수 있다.

주목 받는 주목나무가 있다
―「청사포에 가보니」 말미

언어유희는 단순한 시적변용만은 아니다. 시적인식의 또 다른 측면을 이 한 구절에서 맛볼 수 있음에 눈길이 끌린다. 주목注目받는 주목朱木나무는 '주목'이라는 언어에서 소리의 동질성에서 얻을 수 있는 의미의 다양성을 찾아보자는 의도로 엿볼 수 있다. 시를 음미하는 길에서 얻을 수 있는 동음이의同音異義의 길을 음미할 수 있는 것 또한 시의 감상에 새로운 길을 터주는 셈이라고 하겠다. 고정되어 있는 것이 아닌 유동적인 측면이 시의 길을 새롭게 엮어나가는 길이다. 함으로 시는 강물처럼 흐른다. 구름처럼 어디로 사라지는가 하면 뜬금없이 나타나서 탄성을 지르게 한다.

발걸음을 멈춘다
골목은 한낮을 지나고 있다
하늘색 대문이 열려 있다
개 짖는 소리 소란해도 표정은 순하다
댓돌에 놓인 꽃잎을 베고 고양이가 누워있다

들 계단 푸른 이파리는 고요다 적막이다
적막을 한 잔 마셨다 미치게 하는 고요다
뒷산 아카시아나무에서 새들이 울었다
뒤뜰 채마 밭은 푸성귀가 띄엄띄엄 심겨져 있다
주인의 오랜 부재를 말하고 있다
펄럭이지 않는 빨랫줄에 참새들이 그네를 탄다
고요를 담아둔 우물은 깊은 물맛이다
첨벙, 우물에 두레박을 던졌다
물빛이 비늘을 털었다
바람의 방향은
골목을 꺾어 마당 한 가운데를 맥없이 돌았다
열린 서랍장에 숨을 죽인 채 고요가 숨어 있었다
고요는 서랍 속에서 부재중이다
나무 그림자가 길게 마당을 드리운다

- 「고요는 물빛이다」 전문

이소정 시의 시적세계에서 끊임없이 따라붙는 '고요'는 '고요를 담아둔 우물은 깊은 물빛이다'라든가 '열린 서랍장에 숨을 죽인 채 고요가 숨어 있었다'와 같이 나타난다. 적막을 주무대로 올려놓은 시는 시인으로 하여금 적막/고요와 함께 하는 시적인식을 주목해도 좋을 것 같다. 시는 어둠에서 태어나고 적막에서 태어난다고 볼 때 이소정 시인의 시적영역을 둘러싸고 있는 것은 흑단과 같은 반질한 적막이며 고요의 산출물이다. 이는 이소정 시가 지향하고자 하는 길이기도 할 것이다.

시인은 누구나 그가 애용하는 시적언어인 그만의 객성 있는 이미지를 가지기 마련이다. 그것은 시의 창출을 위한 슬기로운 길이 아닐까도 싶다. '그림자가 고요를 밟는다'"비워내는 마음은 차츰 가벼워지는데/이싱하게도/밤마다 푸른 칼날을 세운/수천의 눈빛으로 온몸을 얼어붙게 하는/가시방석'(「밤바다」 부분). 시인은 때로 고요에서 공포스런 분위기에 싸인다. 그것은 고요의 더욱 깊은 소리가 아닐까도 싶다. 고요는 때로 전율이다. 끝 모르는 낭떠러지다. 고요는 시인으로 하여금 또 다른 세계로 지향하게 하는 힘이다.

> 깊은 그믐밤, 매캐하게 사라지는 연기를 보다가
> 만일이란 알 수 없는 길은 더디게 새벽이 오거나
> 흑백사진만 종일 찍거나
> 암흑처럼 고립된 길이 아니거나
> 도중 종일 시달린 바람소리를 듣다가
> 조율 못한 시간들을 후회하거나
>
> ─「도중」 부분

시인이 감지하는 세계는 고요만이 아닌 그 고요의 바닥에 깔린 '알 수 없는' 시간과 부딛치기도 한다. 그것은 암흑세계와 같은 것이다. 시인은 암흑세계에서 '조율 못한 시간들을 후회하거나'뜻 아닌 고뇌에 빠진다. '삶의 역한 냄새가 지불되는 목젖/자정에서 새벽이 오는 시점에서/일요일에서 월요일이

되는/멀지 않는 시점에서 어둠은/뭉텅 자랐고 뭉텅뭉텅 잘려 나갔다'(「새벽을 귀 맞추다」 부분)

   귀소본능의 길에서
   세계라는 무대는 시의 안태본이며 그 귀소점일 수 있다. 하기에 시인에게는 그의 고향이 따로 있을 수 없다. 세계가 시인의 고향이며 돌아갈 처소라고 보는 것이 타당하겠다. 세상의 모든 것이 시인의 고향이기 때문이다. 고향은 누구에게나 그리움의 대명사나 다름없다. 그 그리움을 시인은 시로 승화시킨다. 길가의 풀 한 포기 나무 한 그루며 흘러가는 강물과 허공에 뜬 구름과 바람소리가 시인의 고향이다.

   나를 내려다보신다 아가, 부르며 내려다 보신다

   낮 매화꽃에 취해서 신비로운 꽃물 번져 얼룩진 얼굴로 내려다 보신다 미워하는 만큼 살갑도록 밤이슬에 젖은 세상 허허거리며 밤바람 맞고 돌부리에 마음 다치고 닳고 헐거워진 자존심 장단 맞추다 나락으로 떨어졌다

   공중에 걸린 아버지, 형상이 없는 옷걸이에 걸린 아버지, 비뚤게 걸려 있다 술은 주절주절 신비롭게 익어갔다

   등꽃이 달린 그늘 아래서 취기어린 등꽃이 덩달아 술타령을 한다 아버지와 함께 취한다
                                          – 「등꽃」 전문

이소정 시세계에서 「찻잎을 따다」와 함께 읽을 수 있는 근친의 시적인식이 돋보인다. 「등꽃」은 물론 어린 시절을 되돌아보는 시편이다. '매화꽃' '꽃물 번져 얼룩진 얼굴' '헐거워진 자존심' '공중에 걸린 아버지'의 이미지가 자못 애잔하다. 그런 반면 '엄마가 밥상을 차려놓고/골목 어귀에서 밥 먹어라'라고 부르는 소리 또한 「찻잎을 따다」에서 엿볼 수 있는 시절이 바람처럼 지나간다. 누구에게나 그리움이 싹트는 곳은 어린 시절의 애틋한 추억이 있는 곳이다. 함으로 어린 시절은 시를 위한 보물창고라고 이름 부르는 것이 어떨까도 싶다. 그 시절을 다시 들추어본다.

패랭이꽃 실핏줄 점점 붉어지는
산책로

발걸음들은 흥정도 없이
눈길만 보낸다

실핏줄 선명하게 빗살 드러난
패랭이들 써보려고도 않고
장터에 바람만 후줄건하다

붉기도 하고 허옇기도 한
한낮 햇빛에
옛적 얼굴 하나 스친다

                             – 「패랭이꽃」 전문

얼핏 노랫말이 될법한 시의 리듬을 탄 '옛적 얼굴 하나 스친다'에서 잊을 수 없는 추억이 절절하게 흐른다. 자화상인가 하면 어릴 적 부모형제의 얼굴, 이웃 또래들의 얼굴이 영상처럼 스친다. 시의 미덕은 이런 경우 에도 아름답게 비친다. 어떤 점 시는 말을 감춘 여백이다. 상기한 「패랭이꽃」은 패랭이꽃이라는 여백이다. 여백은 넉넉하고 아름답다. 여백은 더 많은 시적이미지를 내포한다. 이런 점 시는 한국화의 여백과도 맥이 닿는다. 시는 시로서 당당한 힘을 갖는 여백이다.

시인 이소정은 시에서 넉넉한 여백을 창출한다. 그것은 많은 구절을 쓰지 않으면서 많은 구절이 갖는 의미를 시로써 승화시키는 힘을 갖기 때문이다. 천언만언을 늘여놓아 일의 전말을 설득시키고자 하는 노력이 있는 반면 단 일언으로 천언만언을 압도하는 경우를 흔히 본다. 시가 그 본보기를 보여준다. 하기에 시는 보다 큰 일언이라는 것을 말할 수 있다. 더러는 일상생활의 힘이 되지 못한다고 탄하지만 시는 일상생활의 가장 으뜸 되는 힘임을 말할 수 있다. 시는 인간의 내면 깊이 숨어 있는 감성의 샘이다. '샘이 깊은 물은 가뭄에 마르지 않는다'(용비어천가).

남강에 비가 와서 좋았다
남강에 비가 오지 않아서 좋았다

잠재울 수 없는 저 눈빛은

담장을 넘는 능소화가 된다
열 손가락으로 깍지를 끼워본다
행간에 꿈틀거리는
은유를 위해 무장 해제하고
논개 치마꼬리를 잡고
촉석루 남강을 기웃거린다

피멍 든 열 개의 손가락 틈새로
강은 질깃질깃하게 흘러간다

촉석루에 비가 와서 좋았다
촉석루에 비가 오지 않아 좋았다

　　　　　　　　　　　　－「열개의 손가락」 전문